STRAEON NOS DA
SALI MALI

Mae'r llyfr hwn yn eiddo i

....

STRAEON NOS DA
SALI MALI

Heledd Cynwal · Bethan Gwanas · Mererid Hopwood
Rhys Ifans · Elis James · Tudur Dylan Jones
Aneirin Karadog · Gruffudd Owen · Tudur Owen
Elen Pencwm · Eigra Lewis Roberts · Ifana Savill

Gomer

Cyhoeddwyd gyntaf yn 2019 gan Wasg Gomer,
Llandysul, Ceredigion SA44 4JL
www.gomer.co.uk

ISBN 978 1 84851 989 3

Animeiddio'r clawr: Ryan Davies, Breaking Barriers
Cerddoriaeth yr animeiddio: Chris Stuart

Cyhoeddwyd gyda chymorth ariannol
Cyngor Llyfrau Cymru.

Argraffwyd a rhwymwyd yng Nghymru gan Wasg Gomer,
Llandysul, Ceredigion SA44 4JL

RHAGAIR

Cyflwynir y gyfrol hon i holl blant Cymru i ddathlu pen-blwydd Sali Mali yn bum deg mlwydd oed.

Cyhoeddwyd y llyfr gwreiddiol, a grëwyd gan Mary Vaughan Jones ac a ddarluniwyd gan Rowena Wyn Jones, gan Gymdeithas Lyfrau Ceredigion yn 1969.

Ers hynny, mae Sali Mali a'i ffrindiau wedi bod yn rhan annatod o blentyndod cenedlaethau o blant, wrth eu helpu i ddysgu darllen a'u diddanu, ac mae apêl oesol y cymeriadau a grëwyd gan Mary Vaughan Jones yn dal i gydio yn nychymyg darllenwyr ifainc hyd heddiw.

Llongyfarchiadau mawr, Sali Mali, a phen-blwydd hapus!

PEN-BLWYDD HAPUS, SALI MALI

Sali Mali, un, dau, tri,
ffrind i mi a ffrind i ti!
Heddiw yw ei phen-blwydd hi,
dewch 'da ni i ddathlu!

Jac y Jwc a Jac Do,
un yn dal, un ar y to!
Gyda nhw cawn hwyl bob tro,
dewch 'da ni i ddathlu!

Jeli coch a hufen iâ –
dyna beth yw parti da.
Dawnsio, chwerthin, ha ha ha!
Dewch 'da ni i ddathlu!

Sali Mali, ffrind i mi,
Sali Mali, ffrind i ti.
Ym mhob ysgol, ym mhob tŷ,
dewch 'da ni i ddathlu!

Casia William
Bardd Plant Cymru 2017-19

CYNNWYS

ARWR DEWR YR EIRA

gan

MERERID HOPWOOD

Pan agorodd Sali Mali'r llenni led y pen, gwelodd ei bod hi'n fore oer, oer. Roedd barrug ar frigau'r coed, roedd y llyn wedi rhewi ac ar sil y ffenest roedd Jac Do a'i blu yn gryndod i gyd.

"Tap, tap, tap." Trawodd Jac Do ei big yn erbyn y gwydr. Agorodd Sali Mali'r ffenest iddo.

"Mae'n oerrrr," meddai Sali Mali. "Hoffet ti ddod i mewn?" gofynnodd yn garedig.

"Brrrrr," atebodd Jac Do. Agorodd Sali Mali'r ffenest yn ofalus a herciodd Jac Do i mewn i'r tŷ.

Lapiodd Sali Mali'r aderyn bach mewn carthen gynnes a chyn bo hir roedd Jac Do'n teimlo'n llawer gwell.

Dyna lwcus oedd Jac Do i gael ffrind fel Sali Mali.

Yna, yn y prynhawn, a Jac Do wedi cynhesu, aeth at sil y ffenest ac edrychodd allan ar y byd mawr oer. Gyda hynny, clywodd sŵn sgriffian-crafu. Trodd i edrych. Roedd ganddo gwmni! Roedd Tomos Caradog wedi dringo i fyny'r wal ac wedi dod i eistedd yn dwt wrth ei ochr.

"Crawc," meddai Jac Do.

"Helô, Jac Do," meddai Tomos Caradog. Ond roedd llais Tomos Caradog yn drist.

Edrychodd Jac Do arno'n ofalus. Roedd rhywbeth o'i le. Galwodd ar Sali Mali, "Crawc, crawc!" a daeth Sali Mali'n gyflym atynt.

"Beth sy'n bod?" holodd Sali Mali. Pan edrychodd ar Tomos Caradog, gwelodd fod deigryn bach yng nghornel llygad ei ffrind. Roedd Tomos Caradog bron â bod yn crio.

"Beth sy'n bod?" holodd Sali Mali eto.

Ond ddwedodd Tomos Caradog ddim gair. Dim siw na miw, dim ond ysgwyd ei ben yn drist.

"Mae'n rhaid bod rhywbeth yn bod," dwedodd Sali Mali, ac roedd Jac Do'n cytuno.

"Crawc, crawc," meddai Jac Do. "Crawc, crawc."

"Oes rhywun wedi bod yn gas wrthot ti?" holodd Sali Mali.

"Nac oes," atebodd Tomos Caradog yn dawel, dawel.

"Wyt ti wedi syrthio a chael dolur?" holodd Sali Mali.

"Nac ydw," atebodd Tomos Caradog yn dawel.

"Beth sy'n bod 'te?" holodd Sali Mali.

O'r diwedd, dechreuodd Tomos Caradog ddweud wrth Sali Mali a Jac Do beth oedd ei ofid.

Roedd Tomos Caradog wedi bod yn darllen *Llyfr Arwresau ac Arwyr Dewr* Sali Mali. Roedd y llyfr yn llawn lluniau a storïau am arwyr ac arwresau dewr.

"Mae pob un wedi gwneud camp arbennig," esboniodd Tomos Caradog wrthynt mewn llais bach rhwng gwich a gwaedd. "Mae rhai wedi plymio i ddyfnder y môr i achub trysor. Rhai wedi dringo i gopa mynyddoedd i dorri record byd. Rhai wedi rhedeg ynghynt na mellten ..."

"Wow! Dal sownd!" meddai Sali Mali. Roedd Tomos Caradog yn siarad mor gyflym ac ar nodyn mor uchel nes oedd hi'n anodd ei ddeall o gwbl.

"Pam yn y byd bod y straeon hyn yn dy wneud di'n drist?!" gofynnodd Sali Mali'n syn.

Ar ôl saib, atebodd Tomos Caradog, "Aaaaachos bod yr arwyr i gyd yn FAAAAWR. A chan fy mod i mor faaaaach, does dim gobaith gen i fod yn arwr dewr."

Mmmmm. Doedd Sali Mali a Jac Do ddim yn gwybod beth i'w ddweud. Roedd Tomos Caradog yn iawn. Roedd arwyr dewr y llyfr i gyd yn fawr, ac roedd Tomos Caradog yn fach iawn. Roedd e'n llai na Jac Do, hyd yn oed.

Tra bo nhw'n meddwl am rywbeth i'w ddweud i godi calon Tomos Caradog, clywon nhw sŵn rhyfedd yn dod o'r tu allan.

"Ydych chi'n clywed sŵn rhyfedd?" gofynnodd Sali Mali.

Tawelodd y tri a gwrando.

"Yyyyyyy! Heeeeeelp!!!!"

"Ust! Edrychwch!" meddai Sali Mali gan syllu drwy'r ffenest.

Gwelodd y tri fwgan brain ym mhen draw'r cae.

"Mae'r bwgan brain mewn trafferth!" meddai Tomos Caradog.

"Mae'n sownd!" llefodd Sali Mali. "Mae ei freichiau wedi rhewi, mae ei drwyn yn goch ac mae talpiau o rew yn crogi o'i glustiau. Druan bach!"

"Crawc, crawc," meddai Jac Do.

"Yyyyyyyyyy! Heeeeeelp!!!!" meddai'r bwgan brain drachefn.

"Bydd rhaid i rywun fynd i'w achub," meddai Sali Mali.

Edrychodd y tri ffrind ar ei gilydd. Edrychodd Sali Mali ar Jac Do. Edrychodd Jac Do ar Tomos Caradog. Edrychodd Tomos Caradog ar Sali Mali.

A bu tawelwch.

"Rwy'n ofni na fedraf i fynd," meddai Sali Mali. "Mae'r llwybr drwy'r ardd yn rhy llithrig a byddaf i'n siŵr o syrthio a thorri fy nghoes."

"Fedra i ddim mynd," meddyliodd Jac Do. "Mae pawb yn gwybod bod bwganod brain yn casáu adar. Mae ofn bwganod brain arnaf i. Ofn mawr. Bydd y bwgan brain yn siŵr o'm bwyta i'n fyw!" Ac aeth Jac Do i guddio bron o'r golwg y tu ôl i Sali Mali.

Erbyn hyn roedd llygaid Sali Mali a Jac Do ar Tomos Caradog.

Syllodd llygaid mawr du Tomos Caradog yn ôl ar Sali Mali a Jac Do.

"O'r gorau," meddai'n dawel. "Fe af i. Fydda i ddim yn llithro, mae fy mhawennau bach i'n gallu mynd drwy'r eira'n eithaf da, a does gan fwgan brain ddim byd yn erbyn llygod bach. Ond ooooo, byddaf i'n oerrrrrr!"

"Diolch, Tomos Caradog!" meddai Sali Mali. Estynnodd ddwy sgarff a dwy het a'u rhoi iddo. "Dyma ti! Gwisga ddwy sgarff a dwy het i'th gadw di'n gynnes. Cer yn ofalus a dere 'nôl yn syth i ddweud beth sy'n bod ar y bwgan brain."

Heb oedi mwy, sgriffianodd Tomos Caradog ar ras drwy'r eira a'r oerfel yr holl ffordd i ben draw'r cae. Ond pan gyrhaeddodd Tomos Caradog, gwelodd nad bwgan brain cyffredin oedd y bwgan brain o gwbl!

"JAC Y JWC!" meddai Tomos Caradog.

"Tomos Caradog!" meddai Jac y Jwc.

"Pam wyt ti'n sefyll yng nghanol y cae fel bwgan brain?" gofynnodd Tomos Caradog.

"O! Tomos Caradog bach! Aeth carai fy esgidiau'n sownd yn y drain ond roedd fy mysedd i'n rhy oer i'w datod. Alla i ddim cerdded cam! A phan godais i fy mreichiau i dynnu'ch sylw, dyma nhw'n rhewi! Mae ar ben arna i! Dwi'n hollol sownd!"

"Twt! Twt!" wfftiodd Tomos Caradog. "Galla i dy helpu di!"

Mewn chwinciad, roedd dannedd miniog Tomos Caradog wedi cnoi carai esgidiau Jac y Jwc yn rhydd. Yna lapiodd un sgarff am fraich dde Jac y Jwc a'r llall am ei fraich chwith. Wedyn, rhoddodd un het ar glust dde Jac y Jwc a'r het arall ar ei glust chwith, cyn neidio i mewn i boced ei siaced.

"Mae dy draed di'n rhydd nawr, Jac y Jwc! Gad i ni fynd adre at Sali Mali ac at y gwres!" gwichiodd Tomos Caradog o boced siaced Jac y Jwc.

Ac i ffwrdd â nhw!

Pan gyrhaeddon nhw adre, curodd Sali Mali ei dwylo a Jac Do ei adenydd.

"Diolch, Tomos Caradog. Rwyt ti'n arwr!" meddai Jac y Jwc.

"Ti yw Arwr yr Eira, Tomos Caradog!" meddai Sali Mali.

"Ti yw Arwr Dewr y Dydd!" meddyliodd Jac Do, ond ddwedodd e ddim byd, dim ond "Crawc, Crawc."

Roedd Tomos Caradog yn wên o glust i glust.

A'r noson honno, wrth i Sali Mali gau'r llenni, roedd hi'n siŵr ei bod wedi clywed llais bach, bach yn dod o'r ardd. Oedd, roedd blodyn cynta'r flwyddyn wedi cyrraedd! Roedd un lili wen fach, y lleiaf i gyd, wedi bod yn ddigon dewr i wthio ei phen drwy'r eira.

Gwenodd Sali Mali. Os oedd y lili wen yn fach, roedd hi hefyd, fel Tomos Caradog, yn ddewr iawn.

Meddai Sali Mali:

"Nos da, Jac Do."

"Nos da, Jac y Jwc."

"Nos da, Tomos Caradog Ddewr."

"A ti, Lili Wen Fach Ddewr. Nos Da."

"Nos da, Sali Mali," meddai llais bach y lili o'r ardd, cyn plygu ei phen a chau ei phetalau yn dynn.

MOCH YN HEDFAN

gan

RHYS IFANS

Gorweddai'r Pry bach Tew yn ymlacio o dan y goeden fawr. Yn sydyn, dyma Jaci Soch yn ymddangos ar gopa'r bryn – a'r eiliad nesaf roedd y mochyn bach yn rhedeg nerth ei ddwy goes i lawr tuag at y goeden, yn chwifio ei goesau blaen i fyny ac i lawr fel adenydd, a'i wyneb yn goch fel mefusen.

Stopiodd Jaci Soch wrth y goeden, gan ymladd am ei wynt. "O, pam nad ydw i'n gallu hedfan? Dwi eisiau hedfan fel Jac Do yn fwy na dim arall yn y byd."

"Cer yn ôl i dop y bryn. Bydd angen i ti redeg yn gynt gan chwifio dy goesau blaen yn gyflymach y tro hwn os wyt ti am hedfan," meddai'r Pry Bach Tew.

Edrychodd y mochyn ar ei garnau bach a siglo ei ben. A gyda hynny dechreuodd gerdded yn ôl i ben y bryn i roi cynnig arall arni.

"Mochyn yn hedfan – am syniad dwl!" chwarddodd y Pry bach Tew ac aeth i guddio yn y canghennau o'r golwg.

Llithrodd Dwmplen Malwoden dros y gwreiddiau oedd wrth fôn y goeden fawr, gan adael llwybr sgleiniog fel sgwigl ar ei hôl. Crychodd ei thrwyn wrth ganolbwyntio ar y smotyn pinc yn y pellter. Wrth iddo agosáu roedd yn gallu gweld ei fod yn chwyrlïo fel hofrenydd.

Jaci Soch! Beth yn y byd oedd o'n ei wneud? Yn fuan cyrhaeddodd Jaci'r goeden. Roedd o'n binc iawn erbyn hyn ac yn chwythu. (Doedd o ddim yn chwysu, wrth gwrs, achos dyw moch ddim yn gallu chwysu.) Holodd Dwmplen iddo am y chwyrlïo. Esboniodd Jaci Soch am ei awydd i hedfan, a bod y Pry Bach Tew wedi ei annog i chwifio ei goesau drosodd a throsodd.

"Ble mae e 'te?" gofynnodd Dwmplen. Ond doedd dim sôn am y Pry Bach Tew yn unman.

Uwchben y ddau, yn cuddio'n dawel ar un o'r canghennau, roedd y Pry Bach Tew yn eu gwylio ac yn gwenu fel giât.

Doedd Dwmplen ddim yn deall pam bod Jaci Soch eisiau hedfan o gwbl; roedd hi'n gymaint brafiach ar y ddaear. Yna glaniodd Jac Do yn ddidrafferth wrth eu hymyl. Dwedodd Dwmplen wrtho beth oedd problem Jaci Soch, gan ofyn a fedrai helpu. Meddyliodd Jac Do am eiliad. Trodd ei ben i un ochr.

"Crawc," meddai Jac Do, cyn hedfan i ffwrdd.

Cyn bo hir daeth het ddu Jac y Jwc i'r golwg dros y bryn. Roedd yn cario rhywbeth mawr a edrychai'n drwm iawn. Roedd Jac Do yn hedfan uwch ei ben.

Wrth iddo agosáu, gwelodd Dwmplen fod Jac y Jwc yn cario bocs ac ysgol fach dros ei ysgwydd. Erbyn iddo gyrraedd y goeden roedd Jac y Jwc wedi blino'n lân.

"Mae'n bell o dŷ Sali Mali i'r goeden fawr. Wyt ti wir isio hedfan, Jaci Soch?" gofynnodd Jac y Jwc, gan esbonio fod Jac Do wedi mynd ato am help.

Nodiodd Jaci Soch yn bwyllog a phenderfynol. "Ydw!"

"Iawn 'ta!" Gosododd Jac y Jwc y bocs pren ar ei ochr, a rhoi'r ysgol fach yn ei erbyn.

"Beth yw pwrpas y bocs?" holodd Dwmplen Malwoden.

"Beth yw pwrpas yr ysgol?" holodd Jaci Soch.

"Gewch chi weld rŵan! Syniad Jac Do ydi o, a deud y gwir," dwedodd Jac y Jwc, gyda pheth ansicrwydd yn ei lais.

"Ble mae Jac Do?" gofynnodd Dwmplen. Edrychodd pawb o'u cwmpas.

I fyny fry yn yr awyr roedd smotyn bach du â phig oren yn plymio i'r ddaear fel mellten. Jac Do! Arafodd a glanio'n ysgafn wrth fôn y goeden. Yna dringodd yr ysgol fach yn araf i ben y bocs. Esboniodd Jac y Jwc fod Jac Do yn mynd i ddangos i Jaci Soch sut i hedfan.

I fyny yn y goeden roedd y Pry bach Tew yn piffian chwerthin.

"Be ydi'r sŵn yna?" gofynnodd Jac y Jwc.

"Sŵn y dail yn siffrwd," atebodd Dwmplen.

Crawciodd Jac Do un waith i dynnu sylw pawb cyn neidio yn osgeiddig oddi ar y bocs a hedfan i fyny. Troellodd yn braf yn yr awyr cyn glanio yn dwt ar y llawr. Clapiodd y tri! "O! Jac Do. Rwyt ti mor glyfar," meddai Dwmplen.

"Dy dro di nesa, Jaci Soch!" gwaeddodd Jac y Jwc, wedi cyffroi.

Doedd y mochyn bach pinc ddim mor siŵr. Dringodd yr ysgol fach yn ofalus i ben y bocs. Yna aeth i edrych dros yr ochr. "Mae'n uchel iawn i fyny fan hyn, ac mae'r llawr i'w weld yn bell iawn," sibrydodd y mochyn yn dawel dan ei wynt.

"Beth am i ni gyfri i dri cyn iti neidio?" cynigiodd Dwmplen yn garedig.

Camodd Jaci Soch i ben y bocs a chau ei lygaid. "Un, dau, tri …" gwaeddodd

pawb a neidiodd y mochyn, gan chwifio ei goesau bach pinc yn ffyrnig. Am eiliad teimlodd ei hun yn hofran … ond yna …

THWAP! Syrthiodd i'r llawr yn lwmpyn pinc, gan orwedd yno'n fflat ar ei gefn!

Yn y cyffro, doedd neb wedi sylwi ar Sali Mali yn cyrraedd. "Jaci Soch! Beth wyt ti'n neud ar y llawr?" meddai Sali Mali. Edrychodd pawb ar Jaci Soch. Roedd un o goesau'r mochyn bach yn pwyntio tua'r awyr. Edrychodd pawb i fyny, a phwy oedd yno yn chwerthin yng nghanol y dail ond y Pry Bach Tew! Chwarddodd gymaint nes iddo lithro, syrthio a glanio ar fol crwn Jaci Soch.

"Be sy'n digwydd?" holodd Sali Mali.

"Wel, Sali Mali ..." aeth Jac y Jwc ymlaen i ateb pob cwestiwn oedd ganddi am bob dim – yr hedfan, y bocs a'r ysgol fach. Erbyn iddo orffen, roedd Jaci Soch wedi codi ar ei eistedd, gan bwyso ar foncyff y goeden. Mochyn bach trist oedd Jaci Soch. Mochyn bach oedd yn methu hedfan.

Yn sydyn cafodd Sali Mali syniad. "Mae mwy nag un ffordd o gael mochyn i hedfan!" llefodd. "Dewch, bawb!" Ac i fwrdd â nhw i gyd i gyfeiriad tŷ Sali Mali gyda Jac y Jwc yn cario'r bocs a'r ysgol fach. Rhedodd Jaci Soch wrth eu hochr, yn dal i chwifio ei goesau fel adenydd.

Mewn dim o dro, yng ngardd Sali Mali roedd Jac y Jwc, Dwmplen Malwoden, Jaci Soch a Jac Do yn mwynhau darn o deisen neis, neis i de. Yn sydyn, cododd rhywbeth pinc i fyny i'r awyr uwchben y to. Syllodd Jaci Soch arno'n gegagored!

Edrychai'r peth yn union fel mochyn – gyda chynffon cyrliog a phedair coes a charnau bach a thrwyn crwn yn crychu yn yr haul.

"Barcud!" gwaeddodd Dwmplen.

Yn sydyn, pwy ddaeth rownd cornel y tŷ i'r ardd ond Sali Mali gyda'r Pry Bach Tew. Roedd hwnnw'n cydio mewn cortyn, ac roedd y cortyn wedi ei glymu i farcud siâp mochyn oedd yn hedfan yn yr awyr.

"Am syniad da!" meddai Jac y Jwc.

"Soch, soch," rhochiodd Jaci Soch wrth iddo gymryd y cortyn o'r Pry Bach Tew, a chael ei dynnu'n ysgafn gan y mochyn mawr pinc yn yr awyr.

"Crawc," crawciodd Jac Do, gan hedfan o gwmpas y barcud fel rhywbeth gwyllt!

"Dyna ddangos bod moch yn gallu hedfan wedi'r cwbl!" meddai Jaci Soch yn hapus.

Chwarddodd pawb – ar wahân i'r Pry bach Tew, wrth gwrs!

LAWR AR LAN Y MÔR

gan

IFANA SAVILL

Roedd hi'n ddiwrnod braf o haf ac roedd haul mawr, melyn yn disgleirio yn yr awyr las.

"Beth am fynd i lan y môr?" meddai Sali Mali.

"Crawc! Crawc!" crawcioddd Jac Do'n hapus.

"Nawr 'te, beth am i ti fynd i holi a oes rhywun eisiau dod gyda ni? Dwed wrth bawb i gwrdd ar y sgwâr er mwyn dal y bws am un o'r gloch. Ac fe wna i bicnic i bawb," meddai Sali Mali.

Erbyn un o'r gloch roedd Jini, Nicw Nacw, Jaci Soch y mochyn, Jac Do a Sali Mali yn sefyll ar sgwâr y pentre yn disgwyl am y bws gyda phopeth oedd ei angen arnynt ar gyfer diwrnod braf ar lan y môr.

"Ond ble mae Jac y Jwc?" holodd Sali Mali.

Yna, dyma Jini'n pwyntio i lawr yr heol.

A dyma nhw'n gweld Jac y Jwc gyda'i gogls a'i snorcl yn fflip fflopian a baglu wrth geisio rhedeg yn ei fflipars anferth.

"Jacaraca! Arhoswch i fi," gwaeddodd Jac y Jwc.

Yr union funud honno, am un o'r gloch ar y dot, fe ddaeth y bws mawr coch rownd y gornel.

Bap! Bap! A bant â nhw i gyd i lan y môr.

Ar ôl cyrraedd a setlo ar y traeth dyma Jini yn dweud, "Dwi am fynd i nofio."

"Aros i fi," galwodd Jac y Jwc gan faglu ar ei hôl.

"A fi," galwodd Nicw Nacw.

"Crawc!" crawciodd Jac Do gan hedfan ar eu hôl.

Ond eisteddodd Sali Mali a Jaci Soch yn eu cadeiriau. Rhwbiodd Sali Mali eli haul ar groen bach pinc Jaci Soch rhag iddo losgi yn yr haul. "Soch, soch!" meddai Jaci Soch yn ddiolchgar a dyma'r ddau yn eistedd yn ôl gan ymlacio dan yr ambarél haul.

Ar ôl sbel fe sylwodd Sali Mali ar griw o bobl oedd yn cerdded yn ôl ac ymlaen, yn ôl ac ymlaen ar hyd y traeth.

"Beth y'ch chi'n ei wneud?" gofynnodd Sali Mali i'r ferch.

"Casglu sbwriel," atebodd hi. "Mae criw ohonon ni yn dod yma bob dydd."

"Wel, da iawn chi," meddai Sali Mali gan dwt twtian ac ysgwyd ei phen wrth feddwl fod pobl yn gadael eu sbwriel ar y traeth.

"Soch, soch!" cytunodd Jaci Soch.

Ar ôl i bawb ddod allan o'r môr fe gawson nhw bicnic. Roedd Jaci Soch wedi dod â phicnic bach ei hun gan na allai e fwyta yr un pethau â'r lleill.

"Blasus iawn," meddai Sali Mali wrth edrych yn ei focs bwyd.

"Soch, soch!" cytunodd Jaci Soch, gan rwbio ei fol bach crwn pinc.

"Beth am i ni adeiladu un castell tywod mawr?" awgrymodd Jac y Jwc pan roedd boliau pawb yn llawn dop ar ôl y picnic.

"Ww, ie! Un anferth," meddai Nicw Nacw.

A wir i chi, adeiladon nhw gastell tywod anferthol.

"Beth am fynd i chwilio am gregyn i addurno'r castell?" awgrymodd Sali Mali.

A dyma nhw i gyd yn mynd i chwilio am gregyn hardd.

Daeth pawb yn ôl wedi casglu pentwr o gregyn, rhai bach a rhai mawr, rhai hir a rhai crwn.

"Ond ble mae Jac Do?" holodd Sali Mali'n sydyn. Edrychodd pawb o'u hamgylch. Doedd dim sôn amdano yn unlle.

Roedd Jac Do wedi casglu tipyn o gregyn hefyd, ond yna fe welodd un gragen fawr a phrydferth iawn yng nghanol pentwr o sbwriel llawn bagiau plastig a photeli a chaniau a rhwydi pysgota. Gwthiodd ei big fach i ganol y sbwriel ond methodd â chyrraedd y gragen arbennig. Gwthiodd ychydig mwy.

"Crawc!" crawciodd yn benderfynol. Roedd rhaid iddo gael hon meddyliodd, gan wthio ymhellach.

Roedd bron â chyrraedd y gragen hardd ond roedd rhwyd las yn ei rwystro. Gwthiodd a gwthiodd y rhwyd gyda'i big a'i hysgwyd er mwyn cyrraedd y gragen arbennig. Ond erbyn hyn roedd y rhwyd wedi dechrau mynd yn sownd o amgylch ei big. Mwya i gyd roedd Jac Do yn gwthio a cheisio dod yn rhydd, mwya i gyd roedd e'n mynd yn sownd. Erbyn hyn roedd y rhwyd wedi mynd rownd ei gorff

bach e hefyd. Doedd e ddim yn gallu agor ei big i grawcian, a doedd e ddim yn gallu agor ei adenydd i hedfan.

Erbyn hyn roedd pawb yn poeni go iawn am Jac Do.

"Chwara cuddio mae o, sti," meddai Jac y Jwc wrth geisio cysuro Sali Mali.

"Mae'n rhaid i ni fynd i chwilio amdano," meddai Sali Mali.

"Oes," meddai pawb arall gyda'i gilydd a bant â nhw i chwilio am Jac Do.

"Jac Do, ble wyt ti?" galwodd Sali Mali a Jini gyda'i gilydd.

Dim ateb.

"Tyd rŵan, Jac Do bach," galwodd Jac y Jwc.

Dim siw na miw.

"Dere, Jac Do," galwodd Nicw Nacw.

Tawelwch llwyr.

"Soch, soch," gwichiodd Jaci Soch yn uchel.

Ond doedd dim sôn am Jac Do.

Erbyn hyn roedd y criw casglu sbwriel wedi dod i weld beth oedd yn bod, a dyma nhw yn cynnig helpu chwilio am Jac Do.

Roedd Jac Do yn eu clywed yn iawn ond doedd e ddim yn gallu eu hateb. Doedd e ddim yn gallu crawcian oherwydd bod y rhwyd las wedi ei lapio o amgylch ei big fach. Doedd e ddim yn gallu fflapio ei adenydd chwaith gan fod rheiny hefyd yn sownd yn y cortyn.

O, diar! Roedd Jac Do'n teimlo'n ofnus iawn erbyn hyn. Beth os na fydden nhw'n cael gafael arno?

Beth os bydden nhw'n mynd adre hebddo fe? Ysgydwodd ei ben yn ffyrnig. Na, fe fydden nhw'n chwilio amdano nes dod o hyd iddo. Ond roedd y rhwyd yn dechrau gwneud dolur erbyn hyn. Dechreuodd igian crio a llifodd deigryn i lawr ei big.

"Ssh! Beth oedd y sŵn 'na?" meddai Sali Mali

"Pa sŵn?" holodd pawb.

"Sŵn llefain."

"Mae'n dwad o fan'cw," meddai Jac y Jwc gan bwyntio at bentwr o sbwriel.

Brasgamodd y criw casglu sbwriel a Jac y Jwc draw at y pentwr sbwriel.

"Mae rhywun yn sownd yn y sbwriel," galwodd un o'r criw.

"O, Jac Do bach," meddai Sali Mali gan redeg draw wrth i'r criw dynnu'r rhwyd a'i godi o ganol y sbwriel.

Ar ôl rhoi cwtsh mawr iddo holodd Sali Mali, "Pam wnest ti fynd i ganol y sbwriel, Jac Do bach?"

"Crawc, crawc!" crawciodd gan bwyntio at y gragen fawr hardd.

"Paid ti â phoeni, fe all Jac y Jwc gyrraedd y gragen yna'n hawdd gyda'i freichiau a'i goesau hir," chwarddodd Jini.

"Jacaraca! Wrth gwrs y medra i."

O fewn chwinc roedd Jac y Jwc wedi estyn am y gragen ac wedi ei rhoi'n ddiogel yn adenydd Jac Do.

"Hwrê!" gwaeddodd pawb gyda'i gilydd.

"Soch, soch!" gwichiodd Jaci Soch yn hapus.

"Reit, bant â ni i gyd er mwyn i Jac Do roi'r gragen hardd yna ar ben y castell," meddai Sali Mali'n hapus.

A wir i chi, roedd yn ddigon o sioe. Clapiodd pawb eu dwylo ac roedd Jac Do wrth ei fodd.

"Diolch yn fawr iawn i chi," meddai Sali Mali wrth i'r criw ddechrau hel eu pac er mwyn casglu mwy o sbwriel.

"Crawc, crawc!" crawciodd Jac Do yn gyffrous gan gydio yn un o'r ffyn casglu sbwriel.

"Rwyt ti eisiau eu helpu?" holodd Sali Mali.

Nodiodd Jac Do ei ben yn frwd.

"Syniad gwych," meddai Sali Mali wrth i bawb gytuno.

Fe wnaethon nhw gasglu sawl llond sach o bob math o sbwriel ac roedd y criw wrth eu bodd yn cael help.

Roedd bron yn amser i'r bws eu casglu i fynd adre pan ddwedodd Sali Mali, "Mae un peth arall i'w wneud cyn mynd."

"Cael hufen iâ," meddai Jac y Jwc wrth glywed miwsig y fan hufen iâ'n agosáu.

"Hwrê!" gwaeddodd pawb.

Ydych chi'n gallu dyfalu pwy gafodd yr hufen iâ mwya?

Ie, Jac Do, wrth gwrs.

Ac fe gafodd e fynd â'i gragen fawr hardd adref gydag e.

GÔL!

gan

TUDUR OWEN

Roedd Jac Do yn eistedd ar ben y goeden yn yr ardd. Roedd o'n gwylio Nicw Nacw a Jac y Jwc yn cael hwyl yn chwarae pêl-droed. Roedd Jac y Jwc yn sefyll yn y gôl tra bod Nicw Nacw yn ceisio sgorio.

"Gôl!" gwaeddodd Jac Do wrth i Nicw Nacw gicio'r bêl i mewn i'r rhwyd.

"Craawc!" gwaeddodd Jac Do.

"Da iawn ti, Nicw Nacw," meddai Jac y Jwc. "Rwyt ti'n andros o bêl-droediwr da."

Hedfanodd Jac Do i lawr o'r goeden a glanio ar ben y gôl.

"Dwi'n meddwl fod Jac Do eisiau chwarae pêl-droed hefyd," meddai Jac y Jwc.

"Dwi ddim yn meddwl fod hynna'n syniad da," atebodd Nicw Nacw. "Pwy yn y byd glywodd am aderyn yn chwarae pêl-droed?"

"Mae Nicw Nacw yn iawn," meddai Jac y Jwc. "Dydy adar ddim yn medru chwarae pêl-droed, siŵr."

"Wyt ti'n barod, Jac y Jwc?" gofynnodd Nicw Nacw cyn iddo gicio'r bêl tuag at y gôl eto.

"Ydw. Dwi'n mynd i'w dal hi y tro yma!" gwaeddodd Jac y Jwc.

Ciciodd Nicw Nacw y bêl, ond cyn i Jac y Jwc gael cyfle i'w dal, hedfanodd Jac Do yn syth amdani.

Glaniodd Jac Do ar y ddaear gyda'r bêl yn sownd yn ei big.

"O diar," meddai Jac y Jwc.

"Ddudis i nad oeddet ti'n medru chwarae pêl-droed!" meddai Nicw Nacw.

Mi geisiodd Jac Do grawcian ond doedd o ddim yn gallu gwneud sŵn. Roedd y bêl yn dal yn sownd yn ei big.

"Mmmm … mmmm … mmmm," meddai Jac Do.

Tynnodd Nicw Nacw y bêl oddi ar big Jac Do ac yna gwnaeth y bêl sŵn rhyfedd. Psssssssssssst!

O na! Doedd y bêl ddim yn grwn, bellach. Roedd twll yn y bêl, a'r gwynt i gyd wedi mynd allan ohoni. Roedd hi'n fflat fel crempogen!

"Craaawc," gwaeddodd Jac Do.

"Edrych be sydd wedi digwydd! Fedrwn ni ddim chwarae pêl-droed rŵan – mae'r bêl yn hollol fflat!" cwynodd Jac y Jwc.

"Mi wn i beth i'w wneud," meddai Nicw Nacw wrth redeg i mewn i'r tŷ gyda'r bêl. Ymhen dim roedd Nicw Nacw yn ei ôl gyda'r bêl o dan ei fraich. Roedd o wedi trwsio'r bêl. Roedd o wedi rhoi plaster dros y twll ac wedi llenwi'r bêl gyda gwynt unwaith eto.

"Mae'r bêl fel newydd," meddai Nicw Nacw.

"Hwrê!" gwaeddodd Jac y Jwc.

"Craaawc!" gwaeddodd Jac Do.

"Ond dwi ddim yn meddwl ei fod o'n syniad da i Jac Do chwarae pêl-droed eto," meddai Jac y Jwc, "rhag ofn iddo wneud twll arall yn y bêl."

Fe ddechreuodd Nicw Nacw a Jac y Jwc chwarae pêl-droed gyda'i gilydd unwaith eto, ac fe aeth Jac Do i eistedd o dan y goeden. Teimlai'n drist iawn.

Daeth Sali Mali allan i'r ardd a gweld Jac y Jwc a Nicw Nacw yn cael hwyl wrth chwarae pêl-droed. Sylwodd Sali Mali ar Jac Do yn eistedd o dan y goeden. Roedd o'n edrych mor drist.

"Wel, Jac Do bach," meddai Sali Mali "pam yn y byd wyt ti'n eistedd ar ben dy hun?"

"Craaawc," meddai Jac Do yn drist.

Esboniodd Nicw Nacw a Jac y Jwc yn union beth oedd wedi digwydd.

"Fe wnaeth Jac Do wneud twll yn y bêl gyda'i big," meddai Jac y Jwc.

"Do," meddai Nicw Nacw "a phan dynnais i'r bêl oddi arno mi wnaeth sŵn Psssssssssssst!"

Wrth feddwl am Jac Do yn methu siarad ac yna'r bêl yn gwneud sŵn wrth i Nicw Nacw ei thynnu oddi ar ei big, doedd Sali Mali ddim yn medru peidio chwerthin.

"Crawc," meddai Jac Do yn flin.

"O Jac Do bach, mae'n ddrwg gen i. Dwi ddim yn chwerthin ar dy ben di. Dwi'n chwerthin wrth feddwl am y bêl yn byrstio ar dy big," meddai Sali Mali.

Ond doedd Jac y Jwc a Nicw Nacw ddim yn meddwl ei fod o'n ddoniol! Doedden

nhw ddim yn chwerthin, a doedden nhw ddim am i Jac Do chwarae pêl-droed hefo nhw rhag ofn iddo wneud twll yn y bêl eto.

"Dyna drueni," meddai Sali Mali.

Roedd Jac Do mor drist nad oedd o'n cael chwarae pêl-droed gyda'i ffrindiau, fe hedfanodd i ffwrdd.

"Edrych arna i yn sgorio gôl, Sali Mali," meddai Jac y Jwc wrth iddo gicio'r bêl tuag at y gôl. Ond yn anffodus fe roddodd gymaint o gic i'r bêl, fe gododd yn uchel i'r awyr, ymhell dros y gôl, a glanio ar frig y goeden.

"O na!" gwaeddodd Nicw Nacw. "Edrych beth wyt ti wedi ei wneud, Jac y Jwc!"

"O diar," meddai Sali Mali.

"Ti wedi cicio'r bêl i ben y goeden ac mae hi'n sownd! Be wnawn ni?" gwaeddodd Nicw Nacw.

"Fydd rhaid i ti ddringo i'w nôl hi," mynnodd Jac y Jwc.

"Dwi'n rhy fach i ddringo'r goeden," meddai Nicw Nacw.

"Fedra i ddim neidio mor uchel â hynny, siŵr!" meddai Jac y Jwc.

"Fydd rhaid i ti neidio i nôl y bêl, Jac y Jwc."

Wrth i Nicw Nacw a Jac y Jwc grafu eu pennau yn edrych ar y bêl ar frig y goeden fe gafodd Sali Mali syniad.

"Dwi'n nabod pêl-droediwr o fri fyddai'n gallu cyrraedd y bêl yna," meddai hi.

"Pwy?" gofynnodd Jac y Jwc a Nicw Nacw ar yr un pryd.

Gwaeddodd Sali Mali yn uchel, "Jac Do!"

Yn sydyn, dyma Jac Do yn hedfan uwch eu pennau i fyny i frig y goeden, a chicio'r bêl i'r llawr.

"Hwrê!" gwaeddodd pawb.

"Diolch, Jac Do," meddai Nicw Nacw a Jac y Jwc.

"Fasat ti'n hoffi chwarae pêl-droed gyda ni?" gofynnodd Nicw Nacw.

"Craaawc," meddai Jac Do yn hapus.

"Ond paid â defnyddio dy big y tro yma," meddai Sali Mali.

Chwarddodd pawb.

Ymhen dim roedd pawb yn chwarae pêl-droed unwaith eto.

Fe giciodd Jac y Jwc y bêl at Nicw Nacw. Wedyn fe giciodd Nicw Nacw y bêl at Jac Do. Ac yn fe ddaeth sŵn … Psssssssssst!

"O na!" gwaeddodd pawb. "Dim eto!"

"Craaaawc," meddai Jac Do.

MENTRO

gan

HELEDD CYNWAL

Mae Dwmplen Malwoden yn falwoden arbennig iawn. Mae'n annwyl, caredig a gofalus. Does ganddi ddim byd cas i'w ddweud am neb, ac mae'n meddwl y byd o bawb. Ond, fel nifer ohonon ni, mae yna rywbeth y byddai Dwmplen Malwoden yn hoffi newid amdani hi ei hun. Mae hi'n ofnadwy o swil, ac yn nerfus iawn am fynd i lefydd gwahanol a chwrdd â phobl newydd. Gwell ganddi aros yn y tŷ na meddwl am fynd mas i ganol criw o ffrindiau. Wrth iddi sipian yn ofalus ar ei chwpaned o de, a chnoi'n araf ar ei thost a mêl, dechreuodd deimlo'n drist wrth feddwl am yr holl bethau y byddai'n eu colli achos ei swildod. "Dwlen i gwrdd â'm ffrindie," meddai Dwmplen yn dawel fach i'w hunan un bore yn ei chartref clyd, "ond well i fi beidio â mentro mas."

Wrth glirio'r llestri brecwast, clywodd Dwmplen Malwoden sŵn rhyfedd y tu fas i'r drws ffrynt. Beth yn y byd oedd yno? meddyliodd, wrth iddi lithro'n araf i mewn i'r gegin. Clywodd y sŵn eto, dipyn yn uwch y tro hwn. Agorodd y drws yn araf, araf, araf, a chyn iddi gael cyfle i ddweud neu wneud unrhyw beth, gwibiodd rhywbeth heibio iddi a llenwi'r tŷ â sŵn byddarol! Roedd ei chalon yn ei gwddf, ei cheg yn sych grimp a'i chragen yn crynu.

"Beth yn y byd sydd yna?" meddai Dwmplen â'i llygaid fel soseri! Mentrodd tuag at y lolfa, rhoddodd ei phen drwy'r drws ... a beth oedd yn aros yng nghanol y stafell, yn wên o glust i glust a'i gynffon yn siglo'n wyllt ond y ci perta ac anwylaf a welsoch erioed.

"CI BACH NEB," gwichiodd Dwmplen, "beth wyt ti'n neud fan hyn?" Ond roedd hi'n gwbod yn iawn pam ei fod yno. Doedd NEB i ofalu amdano, a NEB i'w gadw'n saff. "Wel, well i ti aros gyda fi am ychydig," meddai'r falwoden â gwên ar ei hwyneb.

Rhoddodd ddŵr a bwyd iddo a brwsio'i flew yn ofalus a thyner. Ar ôl sawl awr o chwarae a chwerthin dechreuodd Ci Bach Neb gyfarth a chyfarth ... a chyfarth. Ar ôl crafu'i phen yn trio deall beth oedd yn bod deallodd Dwmplen beth oedd y ci ei angen. "Rwyt ti eisiau mynd am dro."

Gan gofio bod Dwmplen Malwoden yn swil roedd hi'n poeni am orfod mynd i'r pentre a siarad â phobl, ond roedd Ci Bach Neb yn dibynnu arni.

Rhoddodd dennyn am wddf Ci Bach Neb a mynd ag e i lawr i'r pentre. Ar ei ffordd yn ôl fe welodd Jaci Soch yn cario powlen pysgodyn aur. Ac yn y bowlen roedd ei anfail anwes, Plop. "Mae'n braf dy weld di, Dwmplen," meddai Jaci Soch. "Mae'n ddiwrnod y sioe heddiw. Rydyn ni'n mynd i gystadleuaeth Anifail Anwes y Flwyddyn. A Plop sy'n mynd i ennill."

"Am gyffrous," meddai Dwmplen.

"Dewch gyda ni," meddai Jaci Soch.

"Bydd llawer o bobl yno?" gofynnodd Dwmplen.

"Bydd y lle yn llawn dop o bobl, anfeiliaid, llysiau, blodau o bob lliw a llun, a bwrlwm," meddai Jaci Soch.

"Dim diolch," meddai Dwmplen. "Well i ni fynd adre."

"Dyna ni 'te," meddai Jaci Soch a cherddodd i ffwrdd gan gario'r bowlen yn ofalus.

Yna dyma Dwmplen yn cwrdd â Nicw Nacw yn cario Fflwffen y gwningen. "Rydyn ni'n mynd i'r sioe, i roi cynnig ar gystadleuaeth Anifail Anwes y Flwyddyn," esboniodd Nicw Nacw. "Dewch gyda ni," meddai, yn gyffro i gyd.

"Tro nesa falle," meddai Dwmplen. "Pob lwc." A dyma hi'n dechrau llithro adre gyda Ci Bach Neb ar ei dennyn.

Roedd yr Hen Darw a'r Pry Bach Tew hefyd ar eu ffordd i'r sioe. Roedd y Pry Bach Tew yn cario'i degan, Arthur yr arth. "Ydy teganau yn gallu cystadlu yng nghystadleuaeth Anifail Anwes y Flwyddyn?" gofynnodd Dwmplen.

"Dwi ddim yn gwybod," atebodd y Pry Bach Tew, "ond dwi am fentro. Wyt ti?"

Siglodd Dwmplen ei phen yn drist.

"Does gen i ddim anifail anwes," meddai'r Hen Darw, "ond dwi eisiau mynd i gael sbort a sbri gyda fy ffrindiau."

Wrth i Dwmplen droi i fynd am adref dechreuodd Ci Bach Neb gyfarth a chyfarth a chyfarth eto. "Fedra i ddim mynd i'r sioe, Ci Bach Neb," meddai Dwmplen wrtho. "Dwi'n teimlo'n rhy swil. Ond tynnodd a thynnodd Ci Bach Neb ar ei dennyn a llusgo Dwmplen nes ei bod hi'n llithro'r holl ffordd i'r sioe, gan adael llwybr sgleiniog ar ei hôl.

Pan gyrhaeddodd y sioe gwelodd hi Sali Mali. "Dwmplen!" meddai Sali Mali yn wên o glust i glust. "Dwi wedi gweld dy eisiau di. Croeso! Mae'r gystadlaeth ar fin dechrau, a fi yw'r beirniad." Roedd Dwmplen yn rhy swil i ddweud wrthi doedd hi na Ci Bach Neb am gystadlu.

Roedd yr Hen Darw yno, y Pry Bach Tew ac Arthur, Nicw Nacw a Fflwffen, a Jaci Soch gyda Plop y pysgodyn aur.

Erbyn hyn roedd Fflwffen y gwningen wedi gweld moronen flasus iawn yr olwg ar un o'r stondinau. Roedd yn sboncio dros bob man gyda Nicw Nacw yn rhedeg ar ei hôl.

Penderfynodd Plop y pysgodyn aur ddangos ei hoff dric i Sali Mali. Ond yn lle chwythu swigod yn y dŵr chwistrellodd ddŵr i ganol ei hwyneb! Pan gyrhaeddodd Sali Mali ddiwedd y rhes o gystadleuwyr, gwelodd Dwmplen yno yn mwytho pen Ci Bach Neb. Esboniodd Dwmplen fod Ci Bach Neb wedi cyrraedd y tŷ a'i bod hi wedi bod yn gofalu amdano. Eisteddai Ci Bach Neb yn dawel wrth ochr Dwmplen.

"Wel, am gi da," meddai Sali Mali yn dyner.

Ci Bach Neb enillodd wobr Anifail Anwes y Flwyddyn yn y sioe – ond cafodd Dwmplen wobr hefyd. Hi enillodd wobr Tywysydd y Flwyddyn. Roedd pawb ar eu traed yn curo dwylo ac yn gweiddi, "Hwrê!"

Er bod Dwmplen yn dal i deimlo ychydig yn swil, roedd yn hapus ei bod hi wedi mentro i ganol bwrlwm y sioe. A diolch i Ci Bach Neb, llwyddodd Dwmplen Malwoden i ddod allan o'i chragen.

SWIGOD A SGORIO

gan

GRUFFUDD OWEN

Roedd Jaci Soch a Jac y Jwc yn hoffi chwarae rygbi yn yr ardd tra oedd Sali Mali a Jini ei chwaer yn paratoi cinio.

Roedd Jaci Soch a Jac y Jwc wrth eu boddau yn chwarae yn yr awyr iach ac roedden nhw wastad yn barod am lond bol o ginio erbyn un o'r gloch.

Ar ôl cinio blasus o frechdanau a theisenni a ffrwythau a phob math o ddanteithion blasus, byddai Jaci Soch a Jac y Jwc yn mynd yn ôl allan i chwarae rygbi tra bod Sali Mali a Jini yn golchi'r llestri.

Ond un diwrnod, wrth wylio Jac y Jwc a Jaci Soch yn anelu am y drws ar ôl bwyta, dyma Jini'n dweud, "Hoffwn i gael y cyfle i chwarae rygbi yn lle paratoi'r bwyd a golchi'r llestri bob dydd."

"Ond dyna sydd wastad wedi digwydd," meddai Jaci Soch.

"Dwi wedi cael syniad," meddai Sali Mali. "Rydw i a Jini am fynd allan i chwarae rygbi, tra bo' chi'ch dau yn golchi'r llestri."

"Ond wn i ddim sut i olchi'r llestri!" meddai Jac y Jwc.

"A wyddoch chi ddim sut i chwarae rygbi!" meddai Jaci Soch.

"Wel, bydd rhaid i bawb ddysgu!" mynnodd Sali Mali, ac i ffwrdd â hi a Jini allan i'r ardd i chwarae, gan adael Jac y Jwc a Jaci Soch i olchi'r llestri.

"Dwi erioed wedi chwarae rygbi o'r blaen," meddai Jini wrth i'r bêl hirgron lithro o'i dwylo.

"Na finnau chwaith," meddai Sali yn llithro yn y mwd. "Ond mae'n hen bryd i ni ddysgu."

Yn ôl yn y gegin roedd Jaci Soch yn grwgnach.

"Dwi ddim yn hoffi golchi'r llestri," cwynodd, wrth stwffio'i garnau i mewn fenyg rwber melyn.

"A dwi newydd dorri cwpan," cwynodd Jac y Jwc.

"Paid â phoeni," meddai Jaci Soch. "Erbyn fory mi gawn ni fynd yn ôl at yr hen drefn, dwi'n siŵr."

Ond drannoeth doedd Sali a Jini ddim eisiau gwneud cinio.

"Eich tro chi ydi hi i wneud cinio tra bo' Sali a finnau yn chwarae rygbi," meddai Jini.

Doedd Jaci Soch ddim yn hapus.

"Ond wn i ddim sut mae gwneud cinio!" cwynodd Jaci Soch.

"Wel, mae'n bryd i ti ddysgu, felly!" meddai Jini.

Allan yn yr ardd roedd Sali Mali a Jini wedi dod yn dda iawn am redeg a phasio'r bêl i'w gilydd.

Ar ôl cinio o deisenni oedd wedi llosgi braidd a brechdanau blêr, dyma Jini a Sali yn dweud diolch am y bwyd ac anelu am y drws.

"Am faint sydd rhaid i ni wneud y bwyd a golchi'r llestri?" cwynodd Jaci Soch.

"Nes i chi ddysgu peidio llosgi'r teisenni!" meddai Sali Mali, a chau'r drws ar ei hôl.

Edrychodd Jaci'n hiraethus drwy'r ffenest ar Sali a Jini yn chwarae yn yr awyr iach wrth iddo fo a Jac y Jwc olchi'r llestri.

"Dwi wir eisiau mynd yn ôl i chwarae rygbi," meddai Jaci.

"A finna," meddai Jac y Jwc. "Mae'n siŵr mai fel hyn roedd Sali a Jini yn ei deimlo pan oeddan nhw'n ein gwylio ni yn chwarae tra oedden nhw'n gorfod golchi'r llestri."

Drannoeth, aeth Jaci ati'n ofalus i bobi teisenni heb eu llosgi, ac fe wnaeth Jac frechdanau twt a thlws.

Pan ddaeth Sali a Jini i mewn am eu cinio, roedden nhw wrth eu boddau gyda'r bwyd hyfryd roedd Jaci a Jac wedi ei baratoi.

"Ydych chi'n mwynhau chwarae rygbi?" gofynnodd Jaci wrth y merched.

"Ydyn wir," atebodd Sali.

"Ydych chi wedi mwynhau gwneud y bwyd a golchi'r llestri?" gofynnodd Jini.

"Ychydig bach," atebodd Jac y Jwc.

"Ond mae'n well gen i chwarae rygbi," meddai Jaci Soch. "Gawn ni plis chwarae rygbi ar ôl cinio?"

Dyma Sali a Jini yn gwenu ar ei gilydd.

"Mae gen i syniad," meddai Sali Mali.

Drannoeth, roedd Sali, Jini, Jac y Jwc a Jaci Soch i gyd yn yr ardd yn chwarae rygbi gyda'i gilydd, ac wrth eu boddau bob un. Am un o'r gloch aeth pawb i'r gegin a gwneud cinio gyda'i gilydd.

Dyma pawb yn bwyta eu cinio o frechdanau a theisenni a ffrwythau a phob math o ddanteithion blasus, ac yna dyma pawb yn helpu drwy glirio'r bwrdd, golchi a sychu'r llestri a'u cadw nhw'n dwt.

Yna aeth pawb yn ôl allan i'r ardd i chwarae.

"Mae'n fwy o hwyl chwarae rygbi gyda'n gilydd," meddai Jac y Jwc wrth geisio dal y bêl.

"Ac mae hi'n llai o waith paratoi a chlirio bwyd os yw pawb yn helpu," meddai Jini, yn taclo Jac y Jwc.

"Ac mae Sali a Jini wedi dod yn dda iawn am chwarae rygbi," meddai Jaci Soch gan basio'r bêl i Sali Mali.

"Ac fel yma mae pawb yn helpu'i gilydd, ac mae pawb yn cael hwyl," meddai Sali Mali wrth sgorio cais.

ANRHEG JAC Y JWC

gan

ANEIRIN KARADOG

Roedd Jac y Jwc, Nicw Nacw, y Pry Bach Tew a Jac Do wrthi'n ddyfal yn nhŷ Sali Mali yn glanhau, coginio ac addurno ar gyfer parti pen-blwydd Jini. Parti pen-blwydd syrpréis Jini ydoedd, a doedd ganddi'r un creisionyn o syniad fod unrhyw beth wedi ei gynllunio ar gyfer ei diwrnod mawr.

"Rho'r deisen ar y ford, Jac y Jwc," meddai Sali Mali.

"A gofalus wrth ei chario hi o'r gegin," meddai Nicw Nacw.

"Mae dy goesau hir a dy sgidiau mawr yn ddigon cyfarwydd â baglu weithiau!" meddai'r Pry Bach Tew.

"Crawc," meddai Jac Do.

"Dwi'n addo bod yn ofalus," meddai Jac y Jwc.

"Ac ar ôl gorffen y paratoadau bydd angen lapio'r anrhegion," meddai Sali Mali. Suddodd calon Jac y Jwc i waelodion ei sgidiau mawr.

"Bues i'n cynilo arian poced am chwe mis er mwyn prynu offer arlunio iddi," meddai Nicw Nacw. "Dywedodd Jini sbel yn ôl y byddai hi'n licio dysgu arlunio."

"Am anrheg fendigedig, Nicw Nacw," meddai Sali Mali.

"Dyma beth sydd gyda fi ar gyfer Jini," meddai'r Pry Bach Tew yn falch, gan ddal cerflun o Jini yr oedd wedi ei gerfio.

"Dwi wedi bod yn gweithio bob dydd, bore a hwyr, ers blwyddyn gyfan yn cerfio'r darn yma o bren derw i greu cerflun o Jini."

Edrychodd pawb ar y cerflun mewn rhyfeddod. Roedd yr un ffunud â Jini. Byddai hi wrth ei bodd gydag anrheg y Pry Bach Tew.

"Mae'n hyfryd," ychwanegodd Sali Mali.

Aeth Sali Mali ymlaen i ddatgelu beth oedd ei hanrheg hi ar gyfer Jini.

"Ac rwyf fi wedi creu llyfr ryseitiau o'i hoff brydiau bwyd. Dyma'r llyfr, yn fy llawysgrifen orau."

"Crawc," meddai Jac Do. Roedd e am roi'r gragen arbennig a gafodd ar y traeth iddi.

Roedd Jini am gael parti i'w gofio!

"A beth gest ti ar ei chyfer, Jac y Jwc?"

Teimlai gysgod cwmwl duach na'r frân yn tyfu uwch ei ben. Roedd Jac y Jwc wedi anghofio yn llwyr am gael anrheg i Jini!

"Fi? Wel, mae gen i ... y ... mae gen i anrheg go arbennig i Jini hefyd, ond mae o adra gen i. Byddai'n well imi gadw'r peth yn syrpréis go iawn, a pheidio dweud rŵan."

Teimlai Jac y Jwc yn waeth byth erbyn hyn. Roedd e newydd ddweud celwydd wrth Sali Mali, y Pry Bach Tew, Nicw Nacw a Jac Do. Ac fe wyddai yn iawn nad oedd dweud celwydd byth yn arwain at bethau da. Cofiai am yr unig dro arall y dywedodd gelwydd, pan addawodd i'r Pry Bach Tew y gallai roi gwersi gitâr iddo, ac yntau'n methu canu'r gitâr o gwbwl.

Bu mawr siom a dagrau wedi hynny ac fe addawodd Jac y Jwc na fyddai byth, byth eto'n dweud celwydd. Roedd wedi gwneud mor dda yn dweud y gwir bob dydd ers hynny, a nawr, dyma fe mewn picil arall, wedi dweud celwydd wrth ei ffrindiau. Roedd e ar fin siomi Jini hefyd, a hynny ar ddiwrnod ei phen-blwydd. Rhaid oedd i Jac y Jwc feddwl yn hynod gyflym am anrheg arbennig iawn, iawn.

"A dweud y gwir, fasa'n well imi ei throi hi am adra. M ... m... mae angen imi sythu fy ngwallt a dwstio fy het yn barod at y parti."

Gyda hynny, brasgamodd Jac y Jwc ar ei union am adre.

Pan gyrhaeddodd y tŷ dechreuodd feddwl yn ddwys ac yn ddwfn am syniadau ar gyfer yr anrheg. Brasgamodd o stafell i stafell a'i law yn mwytho ei ên. Crafodd ei ben a gwnaeth ei orau glas i feddwl am anrheg. Yna syrthiodd i'w gadair esmwyth wedi llwyr ymlâdd o'r holl waith meddwl. "O! Jac y Jwc, rwyt ti wedi ei gwneud hi'r tro yma, yndo. Drapia a fflamia! Am bicil," meddai wrtho'i hun. Bellach, dim ond awr oedd i fynd tan y parti a doedd gan Jac y Jwc ddim anrheg o gwbwl i Jini. Doedd dim arall i'w wneud ond mynd 'nôl at Sali Mali a chyfaddef y cyfan.

Yn benisel, cerddodd Jac y Jwc mor araf ag y gallai i weld Sali Mali. Roedd pob cam yn llawn cywilydd a siom.

"Shw'mae, Jac y Jwc. Oes rhywbeth yn bod?" holodd Sali Mali yn bryderus.

"Oes, Sali Mali. Mae gen i ... y ... mae gen i gyfaddefiad," meddai Jac y Jwc mewn llais bach iawn i ddyn mor fawr.

"Cyfaddefiad, Jac y Jwc?" holodd Sali Mali.

Trodd Nicw Nacw, y Pry Bach Tew a Jac Do eu pennau ato fel parti cydadrodd. "Cyfaddefiad, Jwc y Jwc?" meddai Nicw Nacw a'r Pry Bach Tew.

"Craaawc?" meddai Jac Do.

"Ia. Y gwir ydi anghofiais i'n llwyr am anrheg pen-blwydd Jini. Does gen i ddim anrheg ar ei chyfer o gwbl. O! am botes picil! Ac mae'n ddrwg calon gen i am ddweud celwydd wrthach chi."

"O, Jac y Jwc," meddai Sali Mali gan grychu eu haeliau a chroesi ei breichiau, "mae dy gelwyddau wedi ein siomi, rhaid i fi ddweud. Ond dwi'n falch dy fod ti wedi cyfaddef ac ymddiheuro. Felly dwi'n fodlon maddau iti. Ydych chi'n cytuno?" gofynnodd Sali Mali i'r Pry Bach Tew, Nicw Nacw a Jac Do.

"Ydyn," meddai'r Pry Bach Tew a Nicw Nacw.

"Craaaaaawc!" meddai Jac Do.

"Ni ddaw dim daioni o ddweud celwyddau ac maen nhw wastad yn dy faglu di yn y pen draw," meddai Sali Mali yn gadarn.

"Rwyt ti'n llygad dy le. Ond be wna i? Mae gan bawb arall anrhegion arbennig iawn ar gyfer Jini, a does gen i ddim byd."

"Yr anrheg orau all Jini ei chael gan Jac y Jac yw cwmni Jac y Jac, ei ffrind hoffus!" meddai Sali Mali wrtho.

Gyda hynny goleuodd wyneb Jac y Jwc. Cafodd syniad ardderchog! Roedd ganddo yr union beth i roi gwên ar wyneb Jini.

Daeth hi'n amser i'r parti syrpréis ddechrau. Roedd holl ffrindiau Jini yno'n dathlu: Nicw Nacw, Tomos Caradog, yr Hen Darw a'r Pry Bach Tew, Jac Do a Jaci Soch. A chan na wyddai Jini ddim am y parti fe guddiodd pawb yng nghegin Sali Mali a bloeddio "Pen-blwydd hapus!" pan gyrhaeddodd Jini! Credai hi taw mynd yno am baned fach o de oedd hi. Cafon nhw ddanteithion lu, ac fe gafodd Jini fodd i fyw yn derbyn yr holl anrhegion cofiadwy. Daeth hi'n amser am anrheg Jac y Jwc.

"Y-hy, Jini, gan nad ydw i'r gorau am drin a cherfio coed, nac yn dda iawn yn cynilo fy mhres, na chwaith yn gogydd, dwi wedi sgwennu cerdd ar dy gyfer, i ddathlu'r ffaith mai ti yw'r ffrind gorau yn y byd. A dyma hi ..."

Jini

Pan fo'r dydd yn drist
a'r haul ddim eisiau codi,
gwn y daw gwên
wrth agor y llenni
gan Jini.

Pan fo'r gwynt yn dwyn
fy het mewn direidi,
daw help i'w dal
rhag imi ei cholli
gan Jini.

Os bydd dy lwc
wedi chwythu'i blwc,
neu os teimli di'n glwc,
bydd wastad gwên gan Jac y Jwc
i Jini!

Ni fedrai Jini beidio â gwenu! Roedd hi wedi mopio'n lân gyda'r gerdd – heb sôn am y parti syrpréis a'r llu o anrhegion hyfryd gan ei ffrindiau.

Dyma'r pen-blwydd gorau a gafodd Jini erioed!

Y PICNIC

gan

ELEN PENCWM

Mae picnic Sali Mali a'u ffrindiau yn bicnic arbennig. Bob blwyddyn mae'r criw yn cerdded i fyny'r mynydd mawr, ac yn llenwi eu boliau nes eu bod nhw i gyd bron â byrstio! Mae yna chwerthin, canu a bwyta ond yn bennaf mae yna lond lle o hwyl a sbri.

Mae Sali Mali yn dipyn o gogyddes ac mae hi'n enwog am goginio ei Merang Mawr Melys Mefus Melfed. A dyna pam roedd Sali yn yr ardd peth cynta yn y bore yn casglu mefus ffres.

Wrth iddi orffen lenwi ei basged fe gofiodd Sali fod angen y garthen bicnic. Nid yw'n syniad da eistedd ar ben mynydd heb rywbeth o dan eich pen-ôl i'ch cadw'n sych. Mae pen-ôl gwlyb yn gallu bod yn ddiflas iawn.

"Dwi wedi ei rhoi hi gadw yn rhywle saff," meddai Sali wrth fynd am y tŷ. "Ond ble?"

Treuliodd Sali Mali hanner awr yn chwilio pob cwr o'r tŷ am y garthen bicnic enwog. Edrychodd hi o dan y gwely, yn y cwtsh dan staer, yn yr atig, yn y rhewgell. Doedd dim son amdani'n unman.

"Crawc," bloeddiodd Jac Do wrth iddo hedfan i mewn drwy'r ffenest a glanio yng nghanol y bowlen siwgwr ar y bwrdd.

"O Jac Do, dwi wedi colli'r garthen bicnic enfawr. Dwi wedi chwilio ym mhob man ond dwi'n methu'n lan â dod o hyd iddi."

"Crawc, crawc," meddai Jac Do.

"Wel," meddai Sali, "bydd rhaid i fi fynd o gwmpas y pentre. Efallai 'mod i wedi ei benthyg i rywun arall. Gei di aros fan hyn i glirio'r siwgwr!"

Dechreuodd Jac Do lyfu ei draed. Roedd Jac yn hoff o lyfu ei draed pan oedden nhw wedi bod yn y siwgwr!

Aeth Sali Mali i weld Siani Flewog. Roedd pawb yn paratoi rhywbeth ar gyfer y Picnic Mawr. Byddai Siani Flewog yn dod â tharten afalau anferth gyda hi. Un flwyddyn bu raid i'r criw roi tarten afalau Siani Flewog ar sled er mwyn ei thynnu i fyny'r mynydd!

"Dwi'n methu'n lan â dod o hyd i'r garthen bicnic. Dwi wedi chwilio ym mhob man amdani. Wyt ti wedi ei gweld hi'n rhywle, Siani?"

"Nadw," meddai Siani. "Ond roeddwn ar fin taflu'r flanced oren yma allan. Mae yna dwll pryfed yn ei chornel hi ond efallai bydd hi o ddefnydd i ti."

"Diolch, Siani Flewog. Wela i di wedyn yn y picnic."

"Ond mae'n rhy fach," meddyliodd Sali Mali wrth wneud ei ffordd i dŷ Jac y Jwc. Roedd Sali yn benderfynol o ddod o hyd i garthen enfawr, a gan fod Jac y Jwc yn dal iawn, iawn, meddyliodd y byddai ganddo fe flanced fawr.

"Helô, Jac y Jwc," meddai Sali wrth gerdded i mewn i gegin Jac y Jwc. Roedd bwrdd y gegin yn llawn dop o dafelli bara menyn. Roedd drws yr oergell ar agor ac yn y drws roedd pen-ôl Jac.

"Wyt ti'n sownd, Jac y Jwc?" holodd Sali.

Chwarddodd Jac y Jwc. "Helô, Sali Mali. Nacdw tad, chwilio am gaws ydw i. Dwi am wneud brechdanau caws ar gyfer pawb yn y picnic. Dwi wedi torri deg torth o fara yn barod ond dwi wedi colli'r caws."

Gofynnodd Sali i Jac y Jwc a oedd ganddo flanced neu garthen bicnic sbâr gan fod y garthen wreiddiol ar goll. Roedd Jac y Jwc eisiau helpu. Aeth draw at y cwpwrdd yn y gegin ac estyn defnydd smotiog i Sali. "Dyma ti," meddai Jac y Jwc.

Agorodd Sali y defnydd. "Hances boced ydy hon."

"Gwell na dim byd, Sali Mali fach!" atebodd Jac y Jwc.

Gwenodd Sali yn hapus, diolch iddo a ffarwelio.

Aeth Sali Mali i dŷ Tomos Caradog nesaf. Dyna lle'r oedd e yn ei gegin yn eistedd ar fynydd o gaws, yn edrych yn reit ddigalon.

"Tomos Caradog, pam wyt ti'n eistedd ar ben mynydd o gaws?" holodd Sali.

Atebodd Tomos yn ei lais bach gwan gan ddweud ei fod wedi mynd dros ben llestri yn casglu a chadw digon o gaws. Doedd dim lle sbâr yn ei gartref o gwbwl. Roedd ganddo fe gaws yn ei gwpwrdd, yn y sinc, a hyd yn oed caws yn y drôr lle roedd e'n cadw ei sanau!

Esboniodd Sali ei bod yn chwilio am garthen. O fewn dim roedd Tomos

Caradog wedi dod o hyd i focs yn llawn blancedi lliwgar. Ond blancedi llygoden oedden nhw. Doedden nhw ddim yn ddigon i orchuddio trwyn neu glust y rhan fwyaf ohonon ni, heb son am fod yn ddigon mawr i'r criw i gyd eistedd arnyn nhw.

Chwarddodd Sali wrth weld y darnau bach lliwgar.

"Diolch yn fawr, Tomos Caradog," meddai Sali.

"Mae Jac y Jwc yn chwilio am gaws i wneud brechdanau," meddai Sali Mali. "Beth am i ti fynd â chaws i Jac y Jwc ac mi wela i di yn y picnic."

"Am syniad da," meddai Tomos Caradog.

Aeth Sali Mali yn ôl i'w thŷ. Roedd Jac Do wedi gorffen llyfu'r siwgwr oddi ar ei draed. Tra bod Sali Mali yn meddwl am ddod o hyd i garthen, tynnodd Jac Do flanced fach oren Siani Flewog gyda'r twll pryfed, hances boced smotiog Jac y Jwc, a blancedi Tomos Caradog allan o'i basged. Sylwodd Sali Mali fod y darnau bach ar lawr gyda'i gilydd yn gwneud un darn mawr!

"Mae gen i syniad," meddai Sali Mali.

A thra bod Jac y Jwc a Tomos Caradog yn gwneud brechdanau caws a Siani Flewog yn gwneud tarten afalau, roedd Sali wrthi'n torri a phlygu a phwytho a gwnïo. Roedd hi'n brysur iawn yn creu rhywbeth arbennig.

Ymhen rhai oriau, roedd na gyffro mawr wrth i bawb ymgynnull ar ben y mynydd. Roedd yr haul yn disgleirio, ond doedd dim sôn am Sali Mali.

"Iw hw," gwaeddodd Sali Mali wrth iddi ddringo i fyny'r mynydd. Roedd hi'n cario ei Merang Mawr Melys Mefus Melfed dan ei chesail – a rhywbeth arall hefyd!

Pan gyrhaeddodd dop y mynydd, roedd ei hwyneb yn goch fel tomato ond roedd hi'n hapus iawn.

"Does gynnon ni ddim byd i eistedd arno fo," meddai Jac y Jwc.

"O na, fedrwn ni ddim cael gwledd," cwynodd Siani Flewog.

Tynnodd Sali Mali y garthen fwyaf erioed mas o'i bag a'i rhoi ar lawr. Roedd hi wedi defnyddio pob math o ddarnau er mwyn creu carthen fawr i'r criw. Roedd darn oren Siani Flewog ynddi (heb y twll pryfed, wrth gwrs!), hances Jac y Jwc a nifer o flancedi bach Tomos Caradog. Wrth ailddefnyddio ychydig bach gan bawb roedd Sali wedi creu carthen liwgar, arbennig a oedd yn ddigon mawr i bawb eistedd arni.

"Hwrê!" gwaeddodd y criw, "Am syniad da!"

Oedd, mi roedd e'n syniad da ac mi gafwyd picnic da hefyd. Picnic gwych a dweud y gwir. Ond beth am y Merang Mawr Melys Mefus Melfed?

Rhoddodd Sali Mali y Merang Mawr Melys Mefus Melfed ar ganol y garthen. Meddyliodd neb y byddai Jac y Jwc yn baglu ac yn hedfan drwy'r awyr a glanio ar ei ben-ôl yn y Merang Mawr Melys Mefus Melfed.

Fe chwarddodd pawb nes eu bod nhw'n dost, ac er i'r garthen gadw penolau pawb arall yn sych a glân, roedd pen-ôl Jac y Jwc yn drwch o hufen a mefus drwy'r dydd!

Y RAS FAWR

gan

EIGRA LEWIS ROBERTS

R oedd hi'n brynhawn Sadwrn braf yn y parc a'r haul yn gwenu. Eisteddai Sali Mali ar fainc yn gwylio Jac y Jwc, Jaci Soch a'r Pry Bach Tew yn chwarae pêl-droed. Ond doedd Sali Mali ddim yn gwenu. Roedd hi'n ysgwyd ei phen ac yn sibrwd, "O diar, diar," dro ar ôl tro wrth weld Jac y Jwc yn neidio'n wyllt i fyny ac i lawr fel jac yn y bocs ar ganol y cae.

Dyma Jac y Jwc yn croesi at y fainc ac yn dweud, "Dwi wedi cael llond trol ar y ddau yna, Sali Mali."

"Llond bol ti'n feddwl, Jac," meddai Sali Mali.

"Ia, hynny hefyd. Mae Jaci Soch a'r Pry Bach Tew yn methu'r bêl a finna'n gorfod rhedeg ar ei hôl hi bob tro."

"Y broblem yw bod boliau'r ddau yn mynd yn fwy bob dydd. Bydd rhaid i ni wneud rhywbeth," meddai Sali Mali

"Syniad da, Sali Mali. Gwneud be felly?" gofynnodd Jac y Jwc.

"Dweud wrthyn nhw bod eisiau bwyta'n iach a chadw'n heini. Felly dim mwy o sglodion, byrgars, cacennau na roli poli."

"Ond mae Jaci Soch a'r Pry Bach Tew yn gwirioni ar sglodion, byrgars, cacennau a roli poli ... a finna hefyd," meddai Jac y Jwc.

"Bydd rhaid i ninnau fwyta'n iach. Dyna beth yw syniad da, ontyfe, Jac?"

Roedd Sali Mali'n gwenu unwaith eto. Ond doedd Jac y Jwc ddim yn gwenu. Dim sglodion, dim byrgars, dim cacennau a dim roli poli.

Druan o Jac y Jwc.

Y diwrnod wedyn aeth Sali Mali o gwmpas y pentre yn codi posteri gyda help Jac y Jwc a Jac Do. Rhoddodd Sali Mali boster ar y goeden fawr yn y parc, a daeth

Jaci Soch a'r Pry Bach Tew i sefyll wrth y goeden i'w ddarllen.

"Ras fawr o gwmpas y parc, dydd Sadwrn nesaf, i gychwyn am ddau o'r gloch wrth y cae chwarae," darllenodd y Pry Bach Tew.

"Wel, bydd angen ymarfer ar gyfer y ras," meddai Sali Mali. "A chofiwch fod angen bwyta'n iach hefyd, felly dim sglodion a dim cacennau am sbel."

"Ond does yna neb mwy ffit na ni'n dau," mynnodd Jaci Soch.

"Dwi am gymryd rhan," meddai'r Pry Sidan wrth iddi hi, Dwmplen a Tomos Caradog gyrraedd y goeden. "Ac mi fydda i'n gwisgo fy ngwisg orau. Beth amdanat ti, Dwmplen?"

"Hoffwn i gymryd rhan hefyd," atebodd Dwmplen. "Dwi'n bwyta'n iach. A dwi'n barod i fentro."

"A finnau," meddai Tomos Caradog yn nerfus.

"Hy! Does dim gobaith ganddoch chi'ch tri. Ac mi fydd Jaci Soch a finna'n ôl cyn i ti gychwyn hyd yn oed, Dwmplen," meddai'r Pry Bach Tew.

Trawodd y Pry Sidan Jaci Soch a'r Pry Bach Tew yn eu boliau gyda'i bag llaw.

Daeth diwrnod y ras fawr. Roedd Pry Sidan, Dwmplen Malwoden, y Pry Bach Tew, Jaci Soch, Jac y Jwc a Tomos Caradog i gyd yn sefyll wrth y llinell yn barod i gychwyn. Gwaeddodd Jac y Jwc, "Waeth i chi gyd fynd adra ddim. Fi sydd wedi ennill!"

"Hssst, Jac y Jwc. Dyw'r ras ddim wedi dechrau eto," dwrdiodd Sali Mali. "Nawr 'te, ar eich marciau ... barod ..."

Chwythodd Sali Mali y chwiban. Cafodd Tomos Caradog gymaint o ofn fel iddo redeg i guddio.

I ffwrdd â Jac y Jwc, y Pry Bach Tew a Jaci Soch. Edrychodd y Pry Bach Tew ar goesau hir Jac y Jwc. Roedd Jac y Jwc yn siŵr o ennill ... oni bai ei fod o'n syrthio. A dyma'r Pry Bach Tew yn taflu croen banana ar y llawr o flaen traed mawr Jac y Jwc. Hen dric gwael! Baglodd Jac y Jwc a syrthio ar ei hyd. Daeth Jini i'w helpu ond roedd o allan o'r ras. Rhedodd y Pry Bach Tew yn ei flaen dan chwerthin.

Aeth Jaci Soch trwy ganol y mwd a'i dasgu dros y Pry Sidan, ei gwisg orau a'i bag llaw. "O, na! Bydd rhaid i mi fynd i gael cawod," llefodd hi, gan droi am adref. Rhedodd Jaci Soch yn ei flaen.

Roedd Jaci Soch yn gwybod bod y Pry Bach Tew yn hoffi cacennau ac wedi trefnu rhywbeth arbennig iddo – stondin gacennau! Roedd Jaci Soch wedi bod mewn sawl parti gyda'r Pry bach Tew ac wedi ei weld yn bwyta nes bod ei fol bron â byrstio. Wrth ochr y cae ras gwelodd y Pry Bach Tew y stondin! Stopiodd yn stond, gan anghofio pob dim am y ras, a dechrau sglaffio'r cacennau. Rhedodd

Jaci Soch yn ei flaen dan chwerthin. Roedd yn siŵr o ennill y ras rŵan.

Ond doedd Jaci Soch ddim mor ffit ag y dylai fod. Ac roedd chwant bwyd arno erbyn hyn, yn enwedig ar ôl gweld y stondin gacennau. Dyma fo'n stopio wrth y stondin sglodion am lond bocs ohonyn nhw, a'u bwyta fel mochyn! Roedd ar fin ailgychwyn rhedeg, er bod ei fol yn brifo a'i goesau fel jeli, pan glywodd bawb yn gweiddi "Hwrê!" A phwy welodd o'n croesi'r llinell derfyn ond Dwmplen Malwoden – roedd hi wedi ennill y ras!

"Crawc," meddai Jac Do wrth chwifio'r faner.

"Beth licet ti'n wobr, Dwmplen?" gofynnodd Sali Mali.

"Llond plât o letys a dail, os gwelwch yn dda."

"Dere i ddweud 'da iawn' wrth Dwmplen, Jac y Jwc. A chithau, Jaci Soch a'r Pry Bach Tew. A dwi am i chi addo rhoi'r gorau i'r brolio," meddai Sali Mali.

"Wnawn ni addo peidio gwneud hynny byth eto, Sali Mali," meddai'r ffrindiau.

"Ond fi fydd yn ennill y ras nesa," mynnodd Jac y Jwc gyda gwên.

Edrychodd Sali Mali ar foliau mawr Jaci Soch a'r Pry Bach Tew, ac ar ddwy droed fawr Jac y Jwc, a gwenu. "Does dim ras arall i fod."

"Ond mi oedd o'n syniad da, doedd, Sali Mali," meddai Jac y Jwc.

"Yn syniad da iawn," chwarddodd Sali Mali.

LLANAST JAC Y JWC

gan

TUDUR DYLAN JONES

Roedd Sali Mali yn teimlo'n hapus iawn. Heddiw oedd y diwrnod yr oedd Jac y Jwc am ddod i'w helpu i lanhau. Roedd Sali Mali'n hoffi lle glân. Popeth yn edrych yn daclus, ac fel pin mewn papur.

Ond roedd Jac y Jwc yn hwyr.

Doedd dim i'w wneud ond dechrau'r gwaith ei hun. Treuliodd y bore'n glanhau'r carpedi, cael gwared ar bob darn o lwch oddi ar y cadeiriau a'r byrddau a gwneud yn siŵr fod lle i bopeth a phopeth yn ei le.

Edrychodd o'i hamgylch ar ei thŷ bach twt.

"Rydw i'n hapus iawn," meddai Sali Mali. "Mae lle i bopeth a phopeth yn ei le!"

Ond O! roedd Sali Mali wedi blino ar ôl yr holl waith, felly aeth i eistedd i lawr yn ei hoff gadair, a chau ei llygaid. Meddyliai am yr holl amser da y byddai hi'n ei gael yn eistedd yn y stafell lân, daclus hon. Ymhen pum munud roedd Sali Mali'n cysgu'n drwm!

Ni chlywodd Sali Mali rywun yn curo ar y drws.

Ni chlywodd Sali Mali rywun yn gweiddi, "Helô! Oes 'na rywun yma?"

Jac y Jwc oedd yno, yn cario mop a bwced o ddŵr. Gwelodd Sali Mali'n cysgu ar y gadair.

"Byddai'n biti mawr ei deffro hi," meddai. Cafodd syniad. "Beth am i fi fynd ati i lanhau!"

Doedd Jac y Jwc ddim wedi sylwi fod y lle'n edrych fel pin mewn papur yn barod!

Dechreuodd Jac y Jwc ar y ffenest. Rhoddodd y mop mewn dŵr, a dechrau glanhau rhan uchaf y ffenest. Ond roedd Jac y Jwc ddim yn gwybod bod angen dŵr glan er mwyn gwneud y gwaith yn iawn. Roedd Jac y Jwc wedi defnyddio dŵr o hen fwced yn yr ardd!

Edrychodd ar y ffenest. O, na! Roedd hi'n fudur! Beth oedd o'n mynd i'w wneud?

Rhedodd Jac y Jwc allan efo'r mop a'r bwced.

Deffrodd Sali Mali, heb wybod fod Jac y Jwc wedi bod yno o gwbl.

Yn sydyn, pwy gerddodd i mewn ond y Pry Bach Tew.

"Wel, Pry Bach Tew," meddai Sali Mali, "wyt ti'n sylwi ar rywbeth arbennig?"

Edrychodd o'i amgylch. Edrychodd i lawr ac i fyny. Doedd dim byd mawr wedi newid. Roedd y gadair a'r bwrdd a'r silff yn union yn yr un lle ag arfer.

"Mae'r lle'n edrych fel pin mewn papur," meddai'r Pry Bach Tew.

"Dwi wedi bod yn brysur iawn yn glanhau pob peth heddiw, ac mae'r cyfan i gyd yn sgleinio."

"Ond beth ydy'r darn budur dwi'n gallu'i weld ar y ffenest?" gofynnodd y Pry Bach Tew.

Cafodd andros o sioc. "Darn budur?! Yn fy stafell i?!" gofynnodd. Ond roedd y Pry Bach Tew yn iawn. Roedd darn budur ar ran ucha'r ffenest! "Dwi'n siŵr nad oedd y marc yno o'r blaen! Mae'n rhaid i fi ei lanhau'n syth. Mae popeth arall mor lân!" meddai Sali Mali.

Edrychodd Sali Mali a gweld y ffenest yn bell, bell i fyny. Aeth i afael mewn cadach yn barod i fynd i lanhau'r ffenest.

Dim ond un broblem oedd. Roedd y ffenest yn uchel, a Sali Mali'n isel! Doedd hi ddim yn gallu cyrraedd. Yn sydyn, cafodd syniad! Aeth ati i chwilio am rywbeth y gallai hi sefyll arno.

"Beth am y llyfr ar y silff?" gofynnodd y Pry Bach Tew. "Beth am roi hwnna ar y llawr a sefyll arno?"

Edrychodd Sali Mali ar y llyfr. Na, roedd yn rhy denau.

"Beth am y glustog ar y gadair?" gofynnodd y Pry Bach Tew. "Beth am roi honna ar y llawr a sefyll arni?"

Edrychodd Sali Mali ar y glustog. Na, roedd yn rhy feddal.

"Beth am y stôl?" gofynnodd y Pry Bach Tew. "Beth am roi honna ar y llawr a sefyll arni?"

Edrychodd Sali Mali ar y stôl. Na, roedd yn rhy fach.

"O diar, beth ydw i'n mynd i'w wneud?" llefodd Sali Mali. "Mae popeth mor lân … ar wahân i'r ffenest."

Yn sydyn, cafodd y Pry Bach Tew syniad. "Dwi'n gallu cerdded i fyny waliau," meddai. "Galla i afael yn y cadach, a chyrraedd i ben y ffenest. Galla i wedyn ei glanhau nes ei bod yn sgleinio."

Edrychodd Sali Mali ar y Pry Bach Tew. "Wel! Am syniad gwych. Da iawn ti."

Gafaelodd y Pry Bach Tew yn y cadach, a dechrau cerdded i fyny'r wal, gyda dwy goes yn cario'r cadach, a'r coesau eraill yn cario'r Pry Bach Tew. Ond cyn hir roedd y cadach yn llawer rhy drwm.

"O! Sali Mali," llefodd y Pry Bach Tew. "Alla i ddim mynd dim pellach. Mae'r cadach yma'n rhy fawr i fi ei gario."

"O, diar! Beth wnawn ni?" gofynnodd Sali Mali.

Yn sydyn, clywodd y ddau sŵn rhywbeth yn taro ar y ffenest. Jac Do oedd yno!

"Helô, Jac Do," gwaeddodd Sali Mali.

"Crawc," meddai Jac Do.

"O, Jac Do, tybed wyt ti'n gallu ein helpu ni?" gofynnodd y Pry Bach Tew. Ceisiodd Sali Mali egluro, ond doedd Jac Do ddim yn clywed yn iawn, felly hedfanodd i mewn i'r tŷ trwy'r drws er mwyn clywed yn well.

"Wyt ti'n gweld y darn budur yna ar y ffenest?" gofynnodd Sali Mali.

Edrychodd Jac Do i fyny. "Crawc," meddai. Oedd, roedd yn ei weld yn iawn.

"Wel," meddai Sali Mali, "alla i ddim ei gyrraedd, ac mae'r cadach yn rhy fawr i'r Pry Bach Tew ei gario i fyny. Beth ydyn ni'n mynd i'w wneud?"

Cafodd Jac Do syniad. Syniad gwych. Syniad campus. Syniad bendigedig!

Ac ar y gair, gafaelodd Jac Do yn y cadach gyda'i big. Hedfanodd i fyny at ran uchaf y ffenest, a dechrau sgwrio a sgwrio nes y diflannodd y darn budur, a'r ffenest yn sgleinio'n lân unwaith eto. Doedd Sali Mali ddim yn gallu credu'i llygaid!

Hedfanodd Jac Do yn ôl i lawr a gollwng y cadach.

"Wel, diolch yn fawr, Jac Do," meddai Sali Mali. "Mae'r ffenest yn lanach nag y mae wedi bod erioed. Mae gen i ffrindiau da – rhai sy'n fodlon gwneud eu gorau i fy helpu i bob amser."

Ar y gair, pwy gerddodd i mewn ond Jac y Jwc a'i freichiau'n llawn mopiau, brwshys plu, spwng mawr melyn a phob math o offer glanhau.

Eglurodd Jac y Jwc ei fod wedi dod i'r tŷ a'i fod wedi gweld Sali Mali'n cysgu. Roedd wedi ceisio ei helpu ond ei fod wedi gwneud marc budur ar y ffenest.

Chwarddodd Sali Mali.

"O, Jac y Jwc! Ti oedd wedi gwneud y marc?!"

"Ia, ond es i draw at Jaci Soch i fenthyg mwy o offer glanhau i gael gwared ar y marc. Felly dyma fi 'nôl."

"Ond does dim angen. Mae'r marc wedi mynd," meddai Sali Mali. "Mae Jac Do a'r Pry Bach Tew wedi fy helpu i!"

Edrychodd Jac y Jwc yn drist.

"Pam wyt ti'n drist, Jac y Jwc?" gofynnodd Sali Mali.

"Mae pawb arall wedi dy helpu di, a finnau wedi gwneud pethau'n waeth."

"Paid â phoeni, Jac y Jwc," meddai Sali Mali. "Trio helpu oeddet ti."

"Galla i helpu rŵan? Ga i fynd i wneud panad o de i bawb?" gofynnodd Jac y Jwc.

"O, na!" meddai'r Pry Bach Tew.

"Crawc," meddai Jac Do.

"Wrth gwrs," meddai Sali Mali yn garedig.

Roedd yr haul yn gwenu i mewn i'r stafell drwy'r ffenest lân, a phawb yn hapus.

TRICIAU'R PRY BACH TEW

gan

BETHAN GWANAS

Mae'r Pry Bach Tew yn mwynhau chwerthin. Mae gweld rhywun yn baglu dros garreg yn gwneud iddo biffian chwerthin; mae gweld rhywun yn llithro ar groen banana yn gwneud iddo grio chwerthin; ac mae gweld rhywun yn hedfan i mewn i ffenest yn gwneud iddo udo chwerthin.

Ie, hoffi gweld pobl eraill yn brifo neu'n mynd i drafferthion sy'n gwneud i'r Pry Bach Tew chwerthin. Ac yn aml, y Pry Bach Tew oedd wedi gwthio'r garreg ar y llwybr a gollwng y croen banana ar y llawr a chau'r ffenest yn y lle cyntaf. Hmm ... un drwg ydy'r Pry Bach Tew.

Mae o'n mwynhau chwarae triciau. Rhannodd afalau taffi mawr, sgleiniog gyda'i ffrindiau un tro, ond nid afalau oedd o dan y gôt o daffi, ond nionod! Chwarddodd nes roedd o'n sal wrth weld ei ffrindiau yn gwichian a gweiddi a phoeri ar ôl un llond ceg.

Dro arall, roedd ganddo lond plât o fisgedi siocled gyda hufen y tu mewn iddyn nhw – ond nid hufen oedd ynddyn nhw, ond past dannedd! Roedd o'n rhowlio ar y llawr wrth weld ei ffrindiau yn gwichian a gweiddi a phoeri ar ôl un llond ceg.

Un Pasg, roedd o wedi bod yn brysur yn gwneud wyau Pasg bychain, tlws i bawb. Ond nid siocled na hufen na thaffi oedd y tu mewn iddyn nhw – ond mwstard! Chwarddodd nes roedd y dagrau'n llifo wrth weld ei ffrindiau yn gwichian a gweiddi a phoeri ar ôl un llond ceg.

Roedd gan y Pry Bach Tew lawer o driciau, rhai yn driciau cas iawn: rhoi cannoedd o forgrug yn esgidiau Pry Hir; llenwi menyg Siani Flewog gyda thriog du, a rhoi glud ar adenydd Pry Sidan fel bod ei dwy adain yn gwbl, gwbl sownd yn ei gilydd – am wythnos!

Yn aml, mae o'n chwerthin gormod i sylwi nad yw ei ffrindiau yn chwerthin llawer.

"Dydy o ddim yn ddoniol!" meddai Siani Flewog wrth geisio glanhau ei menyg gludiog.

"Ddim yn ddoniol o gwbl!" meddai Pry Hir wrth grafu a chosi a chosi a chrafu lle roedd y morgrug wedi bod yn ei gnoi a'i frathu.

"Wn i," meddai Pry Sidan yn dawel. "Be am i ni chwarae tric arno fo am unwaith?"

"O, ie! Syniad gwych!" meddai Siani Flewog. "Be am roi triog du yn ei gap o tra mae o'n cysgu?"

"Neu nyth o gacwn neu gachgi bwms yn ei wely o?" meddai Pry Hir.

"Na, mae gen i syniad gwell," meddai Pry Sidan gyda gwên. "Mae'n cael ei ben-blwydd wythnos nesa, tydy?" Eglurodd ei syniad a gwenodd pawb.

Pan ddeffrodd y Pry Bach Tew ar fore ei ben-blwydd, canodd dros y lle:

"Pen-blwydd hapus i fi, pen-blwydd hapus i fi, pen-blwydd haaapuuus Pry Bach Te-ew, pen-blwydd hapus i fi!" Brysiodd at y drws i gasglu'r holl gardiau byddai'r postmon wedi eu gwthio drwy'r blwch llythyrau.

Ond doedd dim byd yno.

"O, mi fyddan nhw'n rhoi'r cardiau a'r anrhegion i mi yn y parti heno, mae'n siŵr," meddai'r Pry Bach Tew, gan brysuro i wneud cacennau a theisennau bach baw gwartheg blasus.

Pan oedd y tŷ yn addurniadau a balwnau i gyd, a'r bwyd i gyd yn barod ar y bwrdd, brysiodd y Pry Bach Tew i newid i'w wisg ben-blwydd arbennig o smotiau a streipiau lliwgar. Yna eisteddodd wrth y bwrdd i aros i bawb gyrraedd am chwech o'r gloch.

Am saith o'r gloch, doedd neb wedi cyrraedd.

Am wyth o'r gloch, roedd o'n dal i aros a dim ond hanner y cacennau a theisennau bach baw gwartheg blasus oedd ar ôl.

Am naw o'r gloch, roedd y Pry Bach Tew yn teimlo'n sal, yn drist ac yn unig.

"Mae pawb wedi anghofio fy mhen-blwydd i," meddai'n ddigalon, a dechrau dringo i mewn i'w wely.

Yn sydyn, clywodd gnoc ar y drws. Sychodd ei ddagrau a chwythodd ei drwyn, yna brysiodd at y drws a'i agor, ond doedd neb yno, dim ond y postmon gyda chacen anferthol.

"O, diolch," meddai'r Pry Bach Tew wedi i'r postmon lwyddo i wthio'r gacen i mewn i'r tŷ. "Hoffech chi rannu peth o'r deisen gyda fi?"

Wedi cael llond bol ar dy driciau di, ond dyma anrheg yn lle ein cwmni ni.

"Mae'n ddrwg gen i," meddai'r postmon, "ond mae gen i wers karate gyda Jaci Soch mewn pum munud. Hwyl!"

Syllodd y Pry Bach Tew ar y gacen anferthol, yna sylwodd fod neges wedi ei chlymu i'r rhuban:

Wedi cael llond bol ar dy driciau di, ond dyma anrheg yn lle ein cwmni ni.

Syllodd y Pry Bach Tew ar y geiriau a dechrau snwffian.

"O diar. O diar, o diar," snwffiodd, "dw i wedi colli fy ffrindiau i gyd oherwydd fy hen driciau gwirion ..."

Ond yn sydyn, ffrwydrodd y gacen yn eisin a siwgr a hufen i gyd, a neidiodd ei ffrindiau allan ohoni.

"Pen-blwydd hapus!" chwarddodd pawb. "Wyt ti'n hoffi ein tric bach ni?"

Ond doedd y Pry Bach Tew ddim yn chwerthin, doedd o ddim hyd yn oed yn gwenu.

"Dydy o ddim yn ddoniol," meddai. "Ddim yn ddoniol o gwbl," ac yna dechreuodd grio fel babi.

Syllodd pawb ar y Pry Bach Tew yn crio.

"O diar," meddai Siani Flewog.

"O diar, o diar," meddai Pry Sidan. "Doedden ni ddim eisiau gwneud i ti grio!"

"Ha ha!" chwarddodd y Pry Bach Tew. "Dydw i dim yn crio go iawn, siŵr! Chwarae tric arnoch chi ro'n i! Iawn, pwy sydd eisiau cacennau a theisennau bach baw gwartheg blasus?"

Roedd y parti yn un da, ac aeth pawb i gysgu'r noson honno yn gwenu fel giatiau. Ond wnaeth y Pry Bach Tew byth chwarae triciau cas ar ei ffrindiau eto.

NADOLIG LLAWEN!

gan

ELIS JAMES

Roedd hi'n noswyl y Nadolig, ac roedd Sali Mali yn paratoi. Roedd y tŷ yn gynnes, roedd yr addurniadau ar y goeden ac roedd Sali Mali yn lapio'r anrhegion. Roedd ganddi bêl i Nicw Nacw, sgarff i Jini, caws i Tomos Caradog, bath llawn mwd i Jaci Soch, bocs o borfa flasus i'r Hen Darw, a bocs cymorth cyntaf newydd sbon i Jac y Jwc. (Roedd Jac y Jwc yn baglu drwy'r amser, felly roedd angen digon o rwymau, plastars, ac eli arno i'w helpu i wella!) Fel anrheg fach arall roedd Sali Mali wedi gwau pâr o sanau newydd sbon iddo. Roedden nhw i fod yn anrheg i'w ben-blwydd, ond mae traed Jac y Jwc mor fawr, erbyn i Sali Mali orffen gwau'r sanau roedd hi'n adeg Nadolig! Roedd Sali Mali wrth ei bodd yn meddwl am yr anrhegion y byddai'n eu rhoi i'w ffrindiau. A beth am Jac Do, ei ffrind gorau? Wel, siocledi yn blasu fel mwydod, wrth gwrs!

Fel arfer, byddai Jac Do yn ei helpu bob Nadolig wrth lapio'r anrhegion. Roedd yn dda iawn yn dal y papur gyda'i big tra bod Sali Mali yn rhoi'r tâp o amgylch y papur. Ond doedd dim sôn amdano heno. Ble roedd Jac Do?

Aeth Sali Mali ati i orffen lapio'r anrhegion ar ei phen ei hun, ond sut roedd lapio bath llawn mwd, tybed? Cafodd syniad. Rhoddodd Sali Mali ruban goch o amgylch y bath. Roedd y siocledi mwydod yn arogli mor flasus, edrychai Sali Mali ymlaen at weld Jac Do yn brwydro â'i big drwy'r papur lliwgar! Ond byddai'n rhaid iddi ddweud wrtho am beidio agor yr anrheg cyn bore Nadolig. Ond ble roedd Jac Do?

Clywodd Sali Mali sŵn tu fas i'r tŷ. Aeth i'r drws a dyna lle roedd Jaci Soch, yr Hen Darw, Jini, Nicw Nacw, Tomos Caradog a Jac y Jwc yn canu carolau. Roedden nhw wedi dod â llond sach o anrhegion i Sali Mali a Jac Do.

"Diolch yn fawr," meddai Sali Mali. "Dewch i mewn." Ond ble yn y byd mae Jac Do? meddyliodd wrthi'i hunan.

Yn y tŷ rhoddodd Sali Mali anrheg wedi ei lapio mewn papur lliwgar i Jaci Soch, yr Hen Darw, Jini, Nicw Nacw, Tomos Caradog ... a dwy anrheg i Jac y Jwc, wrth gwrs.

"Ydych chi wedi gweld Jac Do yn rhywle?" gofynnodd Sali Mali. Ond doedd yr un ohonyn nhw wedi ei weld wrth fynd o gwmpas yn canu carolau.

Roedd anrheg Jac Do o dan y goeden yn barod iddo ar gyfer y bore. Ond roedd rhywbeth arall yno hefyd. Roedd parsel wedi ei lapio'n anniben mewn papur lliwgar.

"Pwy sydd â'r parsel hwn?" gofynnodd Jac y Jwc.

"Dwi ddim yn gwybod," meddai Sali Mali.

"Does dim label arno," sylwodd Jini.

Syllodd pawb ar y parsel. Beth oedd ynddo? Roedd Nicw Nacw eisiau rhoi cic i'r parsel, fel petai'n bêl-droed.

"Na!" meddai Jaci Soch. "Bechgyn drwg sy'n cicio anrhegion!"

"Galla i fwyta peth o'r parsel i wneud yn siŵr nad gwair yw e," cynigiodd yr Hen Darw. Roedd angen bwyd ar yr Hen Darw.

"Na chei wir," meddai Jaci Soch. "Dim bwyd yw hwn, ond parsel. Ydy'r parsel yma yn edrych fel gwair?" Roedd Jaci Soch yn grac.

Gwyddai Sali Mali fod rhoi anrhegion yn fwy pwysig na derbyn anrhegion. Roedd hi'n sicr mai anrheg Nadolig oddi wrth Jac Do oedd hi, ond beth gallai hi fod? Roedd hi'n rhy fawr i fod yn debot, ac yn rhy fach i fod yn set o ddrymiau. Roedd hi'n rhy fach i fod yn ffrâm ddringo, ond yn rhy fawr i fod yn farcud.

"Wel, dwi ddim yn gwybod beth i'w wneud," meddai Sali Mali. "Dwi ddim yn gallu agor y parsel i weld beth sydd tu mewn achos does dim hawl agor anrheg Nadolig cyn y diwrnod arbennig. Bydd rhaid i ni i gyd aros i Jac Do ddod yn ôl."

"Ond ble mae Jac Do?" meddai pawb.

Doedd Sali Mali ddim yn gwybod. Erbyn hyn roedd hi'n dechrau poeni.

"Gobeithio nad yw Jac Do ar goll," meddai Sali Mali. "Gobeithio bydd e yma bore fory i agor ei anrheg arbennig. Mae gen i siocledi blas mwydod iddo fe."

Yna, clywodd pawb sŵn – a hwnnw'n dod o'r parsel!

"Mae'r parsel yn gwneud sŵn," meddai Jaci Soch.

"Am ryfedd. Pa fath o barsel sy'n gwneud sŵn?" holodd Jini.

Syllodd Tomos Caradog ar y parsel, gan grynu. "Dwi erioed wedi clywed am barsel sy'n gwneud sŵn," meddai'n ofnus.

Dechreuodd y parsel symud o ochr i ochr.

Roedd Jaci Soch wedi cynhyrfu gymaint, neidiodd i mewn i'r bath llawn mwd!

"Dwi eisiau rhoi cic iddo fe!" meddai Nicw Nacw.

"Mae angen bwyd arna i," cwynodd yr Hen Darw.

"Gobeithio daw ddim byd allan o'r parsel!" gwichiodd Tomos Caradog.

Ond yn sydyn, dyma big fach oren yn dod i'r golwg drwy ganol y papur lliwgar.

"Crawc," meddai'r parsel. Yna, daeth adain fach ddu, a throed fach, fain allan o'r papur.

"Jac Do!" meddai Sali Mali.

Rhedodd Sali Mali draw at y parsel a thynnu'r papur.

"Dim anrheg oddi wrth Jac Do sydd yma, ond Jac Do ei hun," chwarddodd Jac y Jwc.

"Mae hynny'n well nag unrhyw anrheg!" meddai Sali Mali.

Rhoddodd Sali Mali gwtsh mawr i Jac Do.

Wrth gwrs, roedd Jac Do wedi clywed Sali Mali yn siarad am y mwydod blas siocled, ac aeth yn syth i chwilio am ei anrheg o dan y goeden.

"Bydd rhaid i ti aros tan y bore cyn agor dy anrheg, Jac Do bach," chwarddodd Sali Mali.

"Crawc, crawc," meddai Jac Do.

"Nadolig Llawen, Jac Do," meddai Sali Mali. "Nadolig Llawen, bawb!"